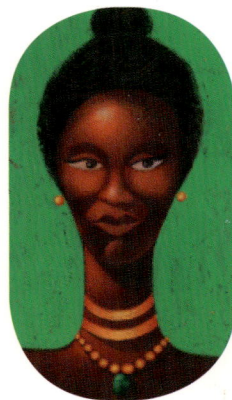

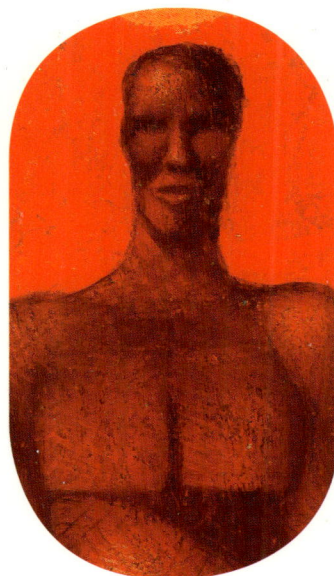

# Nedjo
## le prétentieux

Une histoire de **Amélie Sarn**
illustrée par **Bertrand Dubois**

**Didier** *Jeunesse*

Cette histoire est ancienne, aussi ancienne que Mama Dwala
dont les seins sont si lourds qu'ils tombent sur son ventre,
dont les cheveux sont si blancs
qu'ils ressemblent à l'écume de la lointaine mer.
Aussi ancienne que moi.

Pardonnez donc ma langue si parfois elle faiblit, pardonnez-lui
si parfois elle s'égare dans les broussailles de ma mémoire.

Cette nuit-là, des milliers et des milliers d'étoiles percent le ciel.
Les fromagers échangent à voix basse des secrets avec les baobabs.
Nedjo Dalo, dans sa case, dort à poings fermés.

Les paupières closes, il ne rêve pas. Il n'entend pas le murmure des arbres,
ni celui de la rivière qui pourtant a tant de choses à dire.
Nedjo Dalo dort à poings fermés.
La nuit doucement s'efface et laisse place à l'aube orangée.
Le village s'éveille, les femmes reviennent de la rivière,
la peau brillante de l'avoir tant frottée, les bras cliquetant de bracelets,
les boubous rayonnants.
Des hommes partent aux champs, la houe posée sur l'épaule.

Le clang-clang du forgeron retentit et Nedjo Dalo ouvre les yeux.
Il s'étire et prend le bol de lait de brebis que sa mère lui a préparé.
Nedjo Dalo est un homme fait, mais il aime la mousse du lait qui recouvre sa lèvre.
Nedjo se lève et noue son plus beau pagne autour de ses hanches fines.
Sans un regard pour sa mère, il sort de sa case et traverse le village.

Les femmes ne peuvent s'empêcher de le regarder. Il est si beau.
Sa peau est plus noire et plus brillante que le bois d'ébène,
ses pommettes hautes ressemblent à des fruits,
ses oreilles sont comme des coquillages.

– Hé ! Nedjo ! appelle Daouila, la fille d'Amadou le pêcheur,
quand penseras-tu à te marier ?
Nedjo ne répond pas. Il ne la regarde même pas.

– Hé ! Nedjo ! appelle Essi, la fille de Hammadi le berger,
tu sais que mon père a de nouvelles vaches ?
Tu deviendrais riche si tu me prenais pour femme.
Nedjo ne répond pas. Il ne s'arrête même pas.

– Hé ! Nedjo ! appelle Amina, la fille de Dognoumé le forgeron,
pour qui te prends-tu ? Crois-tu être l'égal du soleil ?
En ce cas, tourne tes yeux vers nous car même le soleil daigne
nous faire partager sa grandeur.

Nedjo Dalo s'est retourné.
Les femmes qui le regardent ont l'œil effronté du rat palmiste
quand on lui court après.

– Savez-vous où je me rends, femmes ?
Nedjo Dalo bombe son torse musclé.
– Je vais au palais du roi car, aujourd'hui,
il reçoit les prétendants de sa fille Kossiwa.
Et j'ai décidé que je serai celui que la princesse choisirait,
ainsi je deviendrai roi.
– Comment pourrait-il en être autrement ? lance Amina, moqueuse.

Nedjo Dalo reprend sa route.
Il marche d'un bon pas sur le chemin de terre rouge,
les bras ballants, le front haut. Il ne tarde pas à arriver
au palais du roi Hamadé. Les tours de terre ocre,
coiffées de chapeaux de paille, se dressent vers le ciel.

Devant la porte de bois ornée de clous forgés,
une longue file d'hommes attend déjà. Des jeunes, des vieux,
un sage à la barbe si longue qu'elle couvre son ventre maigre,
d'autres chargés de présents, de pagnes colorés, de colliers
de coquillages, de poteries... Derrière se tient un jeune homme,
une ligne de poissons argentés à la main.

La porte du palais s'ouvre sur le roi Hamadé.
C'est un homme de haute taille, dont les cheveux blanchissent déjà,
dont les épaules ne tarderont pas à se voûter.
Mais son regard est éclairé par la bonté et l'intelligence.

Une magnifique jeune femme apparaît près du roi.

Sa peau noire est huilée, ses cheveux tressés remontent
haut sur sa tête, ses seins tendent son pagne brodé,
la finesse de son cou est rehaussée par un collier d'argent,
ses poignets tintent de mille bracelets d'or,
son corps est mince et souple comme une liane.

Trois servantes empressées l'accompagnent.
La première l'évente, la seconde l'asperge d'eau parfumée,
la troisième se tient prête à obéir à ses moindres souhaits.

Le roi Kamadé observe les hommes assemblés devant le palais.
Il dévisage chacun d'eux, son regard s'attarde
sur le pêcheur puis glisse sur Nedjo.

La princesse Kossiwa lève le menton.
Majestueuse, elle avance d'un pas et désigne le premier prétendant :

– Trop vieux, lâche-t-elle, dédaigneuse.
Son bras se lève doucement, ses doigts s'agitent.

– Trop sale, continue-t-elle en montrant le deuxième homme.
Trop laid, trop maigre, trop déguenillé, celui-ci a l'air idiot...

Les uns après les autres, les hommes rejetés baissent la tête.
L'impatience crispe la mâchoire du roi Kamadé.
Il lève la main à son tour. Il ne reste plus que trois hommes.

– Cesse Kossiwa ! Ces hommes ont fait un long chemin pour te voir,
ils ne méritent pas ton mépris.
La princesse prend une moue boudeuse mais elle n'ose
contredire son père.

– Tu étais riche de prétendants, Kossiwa, reprend le roi Kamadé,
il ne t'en reste que trois. Tu devras faire ton choix parmi ceux-là.
Ainsi ai-je parlé !

Le menton haut, la princesse fait demi-tour et s'éloigne,
aussitôt suivie de ses servantes.

Le roi a donné aux trois hommes jusqu'au soir pour se préparer.

Le premier sort de son panier de riches étoffes chatoyantes
qu'il compte offrir à la princesse.

Le pêcheur a posé ses poissons et se contente de rester assis
à rêver au moment où il pourra parler à Kossiwa.

Nedjo Dalo ne perd pas de temps. Il se dirige vers la forêt,
prend le coupe-coupe qu'il arbore toujours à la ceinture
et taille à même le tronc d'un arbre.
En quelques instants, il a entre les mains une écorce deux fois
haute comme lui, dans laquelle il sculpte un masque.
Puis il s'empresse de retourner au palais.

Le roi Kamadé fait entrer les trois prétendants dans la salle du trône.
Il est assis dans un fauteuil dont les accoudoirs sont
des têtes de lion. Kossiwa, debout près de lui, plus hautaine
que jamais, hausse les sourcils en voyant l'immense masque
que Nedjo porte sur son dos.

Kossiwa ne jette même pas un regard aux autres hommes,
elle fait signe à Nedjo Dalo de s'approcher.

Nedjo se courbe très bas devant le roi, puis pose un genou
sur la natte qui couvre le sol.
Sans un mot, il noue le masque sur son visage, se redresse et se met à danser.
Ses gestes sont lents, ses mouvements déliés.
Ses muscles roulent sous sa peau, le masque ondule en rythme
comme s'il était le prolongement de Nedjo.
Les lèvres rondes de Kossiwa s'entrouvrent légèrement.
Nedjo danse. Il danse longtemps.
Au moment où, dehors, le soleil se couche, Nedjo s'agenouille à nouveau.
Il pose le front sur le sol, puis, lentement, redresse le torse
et se laisse aller en arrière jusqu'à ce que ses omoplates
touchent le sol à leur tour.

Nedjo est devenu le soleil, sa force et sa grâce illuminent la salle du trône, les yeux de Kossiwa brillent comme des étoiles.

– C'est lui que je veux pour époux, décide-t-elle en tapant du pied comme une gazelle impatiente.

Le roi Hamadé fronce les sourcils. Bien sûr, la danse de Nedjo était belle, mais savoir danser ne suffit pas pour être roi.
Nedjo a ôté son masque et se tient à genoux devant le roi.
Mais sous cette attitude respectueuse, Hamadé sent l'orgueil du jeune homme.
« Ma fille n'est pas des plus humbles, se dit-il. Donner un paon en époux à une lionne n'est pas forcément la meilleure des idées. »
Il ne peut s'empêcher de penser à la sagesse et l'honnêteté qu'il a devinées dans le regard du pêcheur.
L'homme aux étoffes, sans doute découragé, est déjà parti, tête basse.

– Je le veux pour époux ! répète Kossiwa.

– Je ne peux aller contre le désir de ma fille, prononce le roi
en regardant Nedjo et le pêcheur, je ne peux cependant
pas confier mon royaume au premier venu.
Je vais donc vous imposer une épreuve, celui qui la réussira
sera celui que je laisserai s'asseoir sur mon trône.

Nedjo serre les poings.

– Je vous donne trois jours pour rapporter un anneau à ma fille...
Cet anneau devra être forgé dans un métal qui n'existe pas.

Nedjo redresse brusquement la tête. Le roi se moquerait-il ?
Mais Kamadé a fermé les paupières et, d'un geste,
il donne congé aux deux hommes.

Sans se préoccuper du pêcheur, Nedjo s'éloigne du palais.
Il a une idée.

Lorsqu'il arrive au village, Daouila fille d'Amadou, Essi fille d'Hammadi
et Amina fille de Dognoumé le forgeron sont occupées à piler le mil en riant.

– Comme tu es belle Amina ! lance Nedjo en s'approchant d'elles.
Les trois femmes se regardent, un éclair malicieux dans les yeux.
– Ta peau semble si douce qu'on a envie de la caresser,
poursuit Nedjo en lui touchant le bras.
Daouila et Essi éclatent de rire.
– Tu es belle comme une étincelle qui jaillit de la forge de ton père,
reprend Nedjo. À côté de toi, Daouila et Essi sont comme deux charbons éteints.
Amina soupire.

– Que veux-tu Nedjo Dalo ? demande-t-elle.
– Je veux tout savoir de toi, Amina. Je veux apprendre ce qui te fait rire
et ce qui te fait pleurer. Je veux connaître tes frères, tes sœurs, ta mère,
tes cousins, ton père... Devenir forgeron, s'il le faut, pour te plaire.
Mon rêve serait de t'offrir un anneau fait d'un métal qui n'existe pas.
Peut-être ton père a-t-il entendu parler d'un tel métal ? Je voudrais...
– Essi, Daouila ! l'interrompt Amina en se tournant vers ses amies.
Sa voix est douce, rythmée par le toc-toc régulier des pilons.
– Oui ? répondent-elles en chœur.
– Savez-vous quelles nouvelles le vent a apportées du palais ?
Deux hommes doivent forger un anneau dans un métal qui n'existe pas.
Celui qui y parviendra pourra monter sur le trône.

Essi éclate de rire :
– Voilà qui réduit à néant les espoirs de Nedjo Dalo !
Vous savez, celui qui se croit beau
et dont la tête est plus vide que celle du calao !
– Oui, celui dont le cœur est plus petit que celui du moustique
que l'on écrase entre deux doigts ! ajoute Daouila.

Nedjo Dalo s'éloigne, à grands pas. Que lui importent ces trois femmes !
Il se débrouillera sans elles.

Nedjo s'assoit au bord de la rivière et ferme les paupières.
Il doit trouver une solution.
Un souffle dans son cou lui fait rouvrir les yeux.
– Nedjo...

Nedjo se retourne, une femme magnifique est assise près de lui.
Il ne l'a jamais vue. Si... peut-être dans un songe... La femme touche son bras.
Aussitôt, il sent une étrange chaleur envahir son corps.
– Qui êtes-vous ? bafouille-t-il.

Sans un mot, la femme lui montre le bord de la rivière. Un peu plus loin,
le pêcheur est assis sur une pierre plate. Il semble observer les miroitements
de l'eau. Nedjo ne peut s'empêcher de penser que ce petit homme n'a aucune
chance de gagner.

– Suis-moi, murmure la femme à Nedjo.
Nedjo obéit. À cet instant précis, il est prêt à la suivre jusqu'au bout du monde.
Elle le conduit près du pêcheur et lui fait signe de s'asseoir.
La femme s'accroupit auprès d'eux, prend un peu de poussière, ouvre les mains
et, dans un nuage de fumée, le visage de la princesse Kossiwa apparaît.

– Pourquoi veux-tu épouser la princesse ?
demande la femme au pêcheur.
L'homme sourit.
– Un jour, j'étais à la pêche et j'ai entendu un chant.
J'ai levé les yeux et j'ai vu Kossiwa. Elle se baignait.
Elle était si belle. Elle n'avait pas ce regard hautain et méprisant
qu'elle prend pour se protéger.
J'ai tout de suite su que je l'aimais. Qu'elle saurait éclairer mon cœur
comme je saurais éclairer le sien.

La femme se tourne à présent vers Nedjo.
– Et toi, pourquoi veux-tu épouser la fille du roi ?
Nedjo reste sans voix. Il n'a pas de réponse à cette question.
Comment lui avouer que ses seules motivations sont la puissance et la richesse ?
La femme plonge ses yeux dans les siens. Nedjo perd pied.
Il ferme les paupières.

Quand il les ouvre à nouveau, la femme tend une pierre au pêcheur.
– Pose cette pierre contre ton cœur et pense à Kossiwa,
la femme que tu aimes.
Le pêcheur obéit. Son poing fermé s'illumine tout à coup,
des étincelles s'en échappent et, quand il ouvre sa main, un anneau,
un cercle parfait et finement ciselé est posé au creux de sa paume.

Sans un geste, Nedjo Dalo regarde le pêcheur partir.
Il n'a même pas envie de le retenir, de lui voler l'anneau
et de prendre sa place. Il n'a plus qu'une envie...
– Je ne sais ni qui tu es ni d'où tu viens, dit-il,
mais mon cœur me brûle et je veux rester pour toujours à tes côtés.
La femme sourit.
– Je m'appelle Akouvi, je suis la Connaissance.
Tu me désires, mais tu auras un long, un très long chemin
à parcourir avant de me retrouver.

Avant que Nedjo n'ait eu le temps de la retenir,
Akouvi a disparu comme elle était venue.

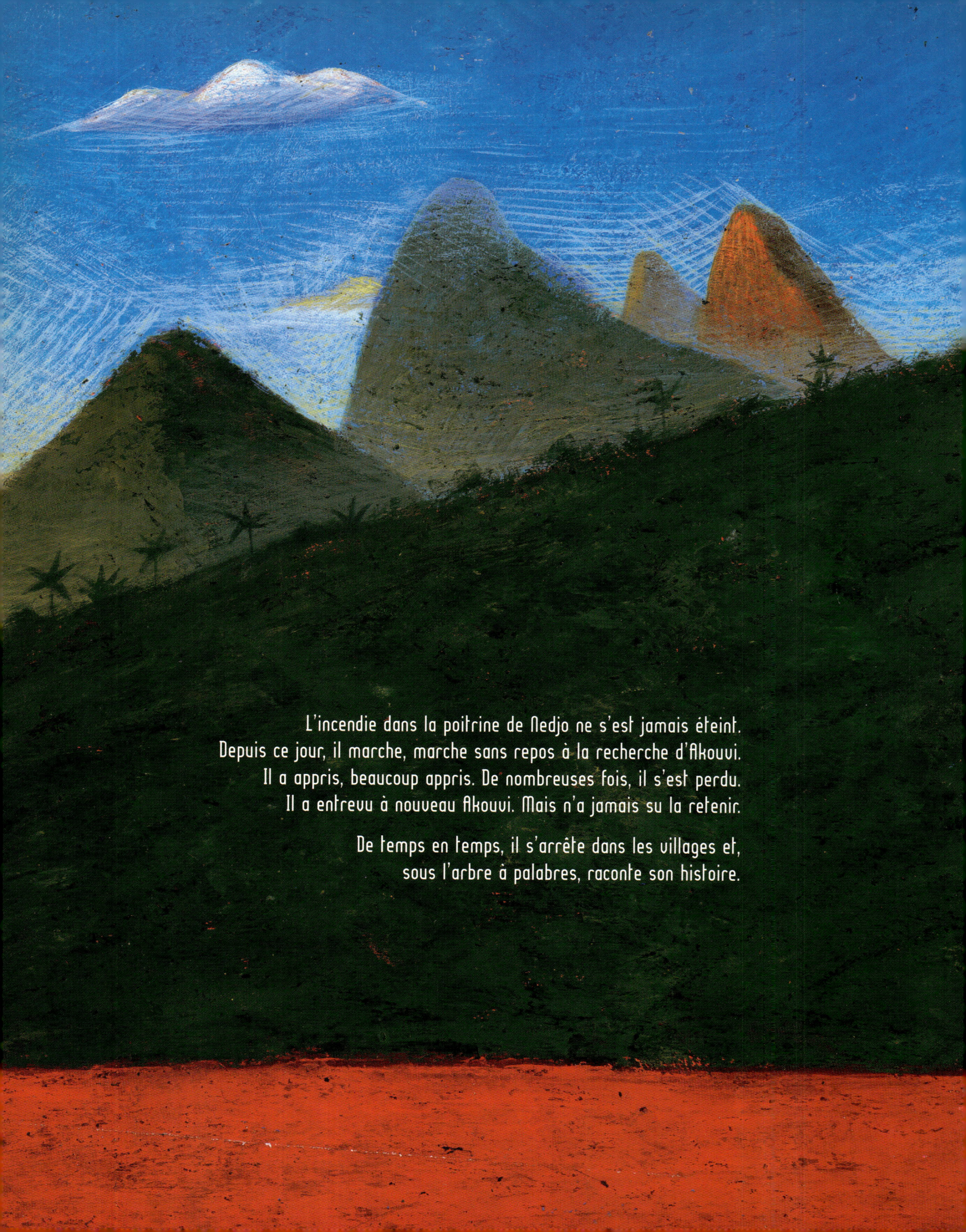

L'incendie dans la poitrine de Nedjo ne s'est jamais éteint.
Depuis ce jour, il marche, marche sans repos à la recherche d'Akouvi.
Il a appris, beaucoup appris. De nombreuses fois, il s'est perdu.
Il a entrevu à nouveau Akouvi. Mais n'a jamais su la retenir.

De temps en temps, il s'arrête dans les villages et,
sous l'arbre à palabres, raconte son histoire.

Cette histoire est ancienne, aussi ancienne que Mama Dwala
dont les seins sont si lourds qu'ils tombent sur son ventre,
dont les cheveux sont si blancs
qu'ils ressemblent à l'écume de la lointaine mer.
Aussi ancienne que moi.